SOPA DE LIBROS

Título original: *Cámbiache o conto!*

© Del texto y de las ilustraciones: Pinto & Chinto, 2016, 2017
© De la traducción: María Jesús Fernández, 2017
© De esta edición: Grupo Anaya, S.A., 2017
Juan Ignacio Luca de Tena, 15. 28027 Madrid
www.anayainfantilyjuvenil.com
e-mail: anayainfantilyjuvenil@anaya.es

1.ª edición, marzo 2017

Diseño: Manuel Estrada

ISBN: 978-84-698-3349-0
Depósito legal: M-3565-2017

Impreso en España - Printed in Spain

Las normas ortográficas seguidas son las establecidas por la Real Academia
Española en la *Ortografía de la lengua española,* publicada en 2010.

Pinto & Chinto
¡Cómo cambia el cuento! / Pinto & Chinto ; ilustraciones
Pinto & Chinto ; traducción de María Jesús Fernández — Madrid
: Anaya, 2017
80 p. : il. c. ; 20 cm. — (Sopa de Libros ; 184)
ISBN 978-84-698-3349-0
1. Cuentos clásicos. 2. Humor.
I. Pinto & Chinto II. Fernández, María Jesús, trad.
087.5: 821.134.4-3

¡Cómo cambia el cuento!

SOPA DE LIBROS

Pinto & Chinto

¡Cómo
cambia
el cuento!

ANAYA

Traducción de María Jesús Fernández

LOS SIETE CABRITILLOS Y EL LOBO

Había una vez una cabra que tenía siete cabritillos. Cierta mañana, la cabra salió de su casa y se dirigió al monte en busca de alimento.

Al poco rato, un lobo llamó a la puerta:

—Abridme, hijos. Soy vuestra mamá, que os trae comida del monte.

Pero los cabritillos dijeron:

—Tú no eres nuestra mamá.

Tú tienes la voz ronca y
ella la tiene suave.

El lobo se zampó una docena
de huevos para afinar la voz,
que le quedó suave como la de
la mamá cabra y llamó de nuevo
a la puerta:

—Abridme, hijos. Soy vuestra
mamá, que os trae comida
del monte.

Pero los cabritillos dijeron:

—Tú no eres nuestra mamá.
Por debajo de la puerta vemos
que tus patas son negras, y
ella las tiene blancas.

El lobo se embadurnó las patas
con harina hasta que le quedaron
blancas como las de la mamá
cabra y llamó de nuevo a la puerta:

—Abridme, hijos. Soy vuestra
mamá, que os trae comida
del monte.

Pero los cabritillos dijeron:

—Tú no eres nuestra mamá.
Por debajo de la puerta vemos
que tu cabeza y tu cola y
también tu lomo son negros,
y ella los tiene blancos.

El lobo se embadurnó
la cabeza, la cola y el lomo
con harina, hasta que le
quedaron blancos como los de
la mamá cabra y llamó de nuevo
a la puerta:

—Abridme, hijos. Soy vuestra
mamá, que os trae comida
del monte.

Pero los cabritillos dijeron:

—Tú no eres nuestra mamá.
Por debajo de la puerta vemos
que tú no tienes cuernos, y
ella sí que los tiene.

El lobo se colocó en la cabeza
dos palos retorcidos que parecían
los cuernos de una cabra, y llamó

de nuevo a la puerta:

—Abridme, hijos. Soy vuestra
mamá, que os trae comida
del monte.

El lobo, con la voz suave,
el cuerpo blanco y los palos
haciendo de cuernos, parecía
una cabra de verdad.

Y otro lobo que pasaba por allí
lo confundió con una cabra, se
abalanzó sobre él y se lo comió.

Alí Babá y los cuarenta ladrones

Cierto día se encontraba Alí Babá en el bosque cortando leña cuando escuchó el galopar de unos caballos que se acercaban. Se escondió detrás de un árbol y vio llegar exactamente cuarenta caballos montados por cuarenta ladrones.

Los ladrones llevaban saquitos con monedas de oro y plata, y cofres con rubíes, diamantes, zafiros y esmeraldas.

Se detuvieron frente a una gran roca, y uno de los ladrones dijo en voz alta: «¡Ábrete, Sésamo!».

La roca se abrió y dejó al descubierto la entrada a una cueva. Los ladrones entraron, y después de dejar allí dentro el botín que portaban, volvieron a salir. Uno de los ladrones dijo en voz alta:«¡Ciérrate, Sésamo!», y la roca tapó la entrada de la cueva. Después, se marcharon raudos y veloces montados en sus caballos.

Alí Babá salió de detrás del árbol decidido a probar a ver si él era capaz de conseguir que la roca se abriera, así que dijo en voz alta: «¡Ábrete, Sésamo!».

Y la roca se abrió. Alí Babá penetró en el interior de la cueva y se encontró con el inmenso tesoro que allí guardaban los ladrones. «Tengo que informar de esto inmediatamente a la policía», pensó Alí Babá.

En ese momento, la policía, que había estado investigando, entró en la cueva. Señalando a Alí Babá, un policía gritó:

—¡Ahí tenemos al ladrón!

Se llevaron a Alí Babá y lo metieron en el calabozo. Cuando lo dejaron solo, Alí Babá dijo en voz alta: «¡Ábrete, Sésamo!». La puerta del calabozo se abrió y Alí Babá pudo escaparse.

Pulgarcito

Hubo una vez un matrimonio
muy pobre que tenía siete hijos.
Al menor de ellos le pusieron
de nombre Pulgarcito, pues era
del tamaño de un dedo pulgar.

Los padres carecían de dinero
para mantener a sus hijos,
así que decidieron abandonarlos
en el bosque.

Pulgarcito, que escuchó estos
planes, como era un niño muy
inteligente, tuvo una brillante

idea: se metió en el bolsillo
un trozo de pan con el propósito
de ir dejando migas por
el camino para poder regresar
a casa siguiendo su rastro.

Al día siguiente, los padres
llevaron a los niños al bosque, y
mientras estos jugaban, huyeron
de allí dejándolos solos. Más tarde
se arrepintieron de lo que habían
hecho y volvieron a buscarlos,
pero el bosque era enorme y muy
espeso y no pudieron dar con ellos.

En esto, los hermanos de
Pulgarcito dijeron:

—¡Sigamos el rastro de las
migas de pan que ha ido dejando
Pulgarcito y llegaremos a casa!
¡Qué listo es!

Pero los pájaros se habían
comido las migas, y los hermanos
de Pulgarcito se lo recriminaron:

—¡Y nosotros que pensábamos
que tu plan era genial! ¡No has
tenido en cuenta que los pájaros
podían comerse las migas!

¡Pues vaya con el inteligente!

Pero Pulgarcito había puesto
un somnífero en cada miga de
pan, y apenas los pájaros se
las comieron les entró un sueño
terrible y allí mismo se quedaron
dormidos.

Así que, para regresar a casa,
Pulgarcito y sus hermanos no
tuvieron más que seguir el rastro
de pájaros dormidos.

La Bella Durmiente

Para celebrar el bautizo de la princesita, los reyes organizaron una fiesta a la que pensaban invitar a todas las hadas del reino, pero se olvidaron de invitar precisamente a la más malvada de todas ellas.

Esta acudió a la fiesta de todos modos y, para vengarse, le echó un maleficio a la princesa:

—Cuando cumplas veinte años, te pincharás con un huso y

quedarás profundamente dormida seis meses seguidos.

Los reyes mandaron destruir todos los husos del castillo para evitar que la princesa se pudiera pinchar con alguno de ellos.

Pasó el tiempo, y el día en que la princesa cumplía veinte años se encontró, en lo más recóndito del castillo, con una anciana que hilaba. La princesa quiso probar a hilar, y entonces se pinchó con el huso y cayó profundamente dormida.

El maleficio del hada malvada se cumplió, y la princesa permaneció dormida seis meses seguidos.

Y resulta que la princesa roncaba de tal manera que sus ronquidos se podían oír en todo el reino, y el hada malvada no lograba dormir, y permaneció despierta seis meses seguidos.

LOS TRES CERDITOS

En un claro del bosque vivían tres cerditos, que eran hermanos. Un lobo llevaba semanas intentando comérselos, así que cada uno de ellos decidió construirse su propia casa para protegerse de él.

El pequeño se hizo una casa de paja para acabar pronto y poder ir a jugar. El mediano se hizo una casa de madera, también para acabar pronto e ir a jugar

con su hermano pequeño.
El mayor, sin embargo, construyó
una casa de ladrillos y cemento.

—¡Ya veréis lo que hará el lobo
con vuestras frágiles casas! —los
avisó.

El lobo llegó a la casa de paja
del hermano pequeño. Se puso
a soplar, a soplar y a soplar,
y derribó la casa de paja.

El cerdito echó a correr y se
refugió en la casa de madera de
su hermano mediano. El lobo se
puso a soplar, a soplar y a soplar,
y derribó la casa de madera.

El cerdito pequeño y el cerdito
mediano echaron a correr y se
refugiaron en la casa de ladrillos
y cemento del hermano mayor.

El lobo se puso a soplar, a soplar y a soplar, pero no consiguió derribar la casa de ladrillos y cemento.

Con todo, el lobo no se daba por vencido, y continuaba soplando y soplando. Los domingos, los cerditos salían a jugar con las cometas, que el soplido del lobo hacía volar. Cuando celebraban sus cumpleaños, apagaban las velas de la tarta con el soplido del lobo.

El lobo soplaba y soplaba y no dejaba de soplar. Los cerditos colocaron un tendedero, donde la ropa se secaba de maravilla gracias al soplido del lobo.

E instalaron junto a la casa
un molino de viento, cuyas aspas
se movían con el soplido del
lobo, y en él molían trigo, maíz,
centeno y avena.

El lobo soplaba y soplaba y
no dejaba de soplar. Los cerditos
construyeron un parque eólico
de veinte molinos, movidos
por el soplido del lobo, que
producían electricidad para
su casa de ladrillos y cemento.

La cigarra y la hormiga

Aquel verano, mientras la
hormiga se dedicaba a almacenar
alimento para el invierno que
estaba por llegar, la cigarra
se pasaba el día cantando.

—¡No trabajes tanto! —le
decía la cigarra a la hormiga—.
¡Ven a cantar conmigo!

Pero la hormiga no le hacía
caso, y se afanaba en su tarea
de recoger granos de trigo,
cebada y avena para el largo

invierno. Día tras día, la hormiga iba llenando de comida su despensa. La cigarra no hacía otra cosa más que cantar y cantar.

Cuando llegó el invierno y los campos se cubrieron de nieve,

la cigarra se encontró con que no tenía nada para comer. Fue a casa de la hormiga y le dijo:

—Me pasé todo el verano cantando y ahora no tengo nada que llevarme a la boca. ¿Podrías darme algo de comer?

La hormiga le respondió:

—Te pasaste todo el verano cantando, no has trabajado nada y ahora te encuentras sin comida. No has hecho las cosas bien.

Pero tampoco yo hice bien.
Me pasé el verano trabajando,
y no dediqué ni un solo minuto
a la diversión.

Y así fue como la cigarra
y la hormiga aprendieron la
lección. A partir de aquel día,
la hormiga cantaba mientras
trabajaba, y la cigarra trabajaba
mientras cantaba.

El flautista de Hamelín

Los ratones habían invadido la villa de Hamelín. Estaban por todas partes, y devoraban el grano de los graneros y la comida de las despensas.

Los hamelineses ofrecieron una recompensa de cien monedas de oro a quien los librara de aquella plaga, y al día siguiente apareció en la villa un flautista que se ofreció a acabar con los ratones.

El flautista se puso a caminar por las calles tocando con su flauta una armoniosa melodía, y los ratones salían de todas partes y lo seguían. Sin dejar de tocar la flauta, llevó a los ratones hasta un caudaloso río, donde se ahogaron.

El flautista regresó a la villa para cobrar la recompensa, pero se encontró con que los hamelineses, liberados ya de su problema, le contestaron:

—¡Largo de aquí! ¿Pretendes que te paguemos cien monedas de oro simplemente por tocar la flauta?

Furioso por la ingratitud de los habitantes de Hamelín,

el flautista tomó su flauta y se puso a caminar mientras interpretaba de nuevo aquella armoniosa melodía. Y sucedió que de los bolsillos de todos los hamelineses empezaron a salir monedas, las cuales seguían al flautista.

Y el flautista, caminando y tocando su flauta, abandonó la villa con todas aquellas monedas tras él.

El patito feo

Los huevos que había puesto
la pata empezaron a romperse,
y al poco tiempo ya habían
nacido todos los patitos.
Del último huevo, que era
más grande que los otros,
salió un pollo tan feo que
sus hermanos se avergonzaban
de él.

A medida que crecía, se
volvía más y más feo, y todos
se burlaban del patito feo.

También los hermanos del patito feo se mofaban de él.

Y sucedió que, andando el tiempo, el patito feo se convirtió en un cisne. Porque el patito feo en realidad no era un pato, sino un cisne. Y sus hermanos, que tanto se habían reído de él, se morían de envidia.

Pero, a decir verdad, el patito feo no se convirtió en un cisne guapo, sino más bien en un cisne del montón. Pensó: «De acuerdo, no soy un cisne guapo, pero tampoco soy un cisne feo».

Y se marchó nadando, feliz.

LA LECHERA

La lechera llevaba sobre
la cabeza un cántaro de leche
para venderlo en la ciudad.
La lechera, por el camino, iba
pensando que con el dinero
que le dieran por la leche
se compraría un pollo.
Criaría bien el pollo, después
lo vendería, y con lo que sacase,
se compraría una cabra.
Criaría bien la cabra, después
la vendería, y con el dinero que

le dieran por ella, se compraría un cerdo.

Criaría bien el cerdo, después lo vendería, y con lo que sacase, se compraría una vaca.

Y en esos pensamientos estaba la lechera cuando tropezó con una piedra que había en medio del camino, se cayó al suelo y el cántaro se rompió derramándose toda la leche.

«Adiós pollo, adiós cabra, adiós cerdo, adiós vaca», pensó.

Entonces se fijó en la piedra con la que había tropezado, y vio que no era una vulgar piedra, sino una piedra preciosa.

La lechera le vendió la piedra preciosa a un joyero de la ciudad,

y con el dinero que obtuvo por ella se compró una granja llena de pollos, de cabras, de cerdos y de vacas.

LA LIEBRE Y LA TORTUGA

La liebre decía que ella
era la más rápida del bosque,
y se reía de la tortuga:

—¿Dónde vas tú con unas
patas tan cortas? ¡Quítate
esa pesada concha y podrás ir
un poco más deprisa! —gritó
entre grandes carcajadas.

Y retó a la tortuga a una
carrera. La tortuga aceptó.
Se colocaron las dos cada una
en su puesto. El juez de la carrera

hizo el disparo de salida,
y la liebre creyó que era un tiro
de la escopeta de un cazador,
y corrió a esconderse en su
madriguera.

Y la tortuga, pasito a pasito,
ganó la carrera.

La princesa y el guisante

El príncipe de aquel castillo
buscaba esposa. Los reyes
difundieron por todo el mundo
el anuncio de que su hijo el
príncipe elegiría una joven para
casarse con ella. Pero no servía
cualquier joven: tenía que ser
una auténtica princesa.

Para certificar que la candidata
era una auténtica princesa,
la reina dispuso en un aposento
del castillo una cama con veinte

colchones, uno encima del otro.
Y debajo de todos, colocó
un guisante. Se trataba de que
la aspirante a esposa del príncipe
durmiera una noche en esa cama.
Si notaba el guisante debajo de
semejante número de colchones,

eso sería prueba de la delicadeza
de la dama en cuestión, y no
cabría duda de que se trataba
de una verdadera princesa.

Un día llegó al castillo una
bellísima joven que pretendía
casarse con el príncipe. La reina
la llevó al aposento donde estaba
la cama de veinte colchones y le
dijo que tendría que dormir allí
aquella noche. Y así lo hizo la
hermosa muchacha.

A la mañana siguiente, la reina le preguntó a la joven qué tal había pasado la noche, y ella le respondió que había dormido fatal, que algo en el colchón le había impedido conciliar el sueño como es debido.

La reina, viendo que la damisela había notado el guisante debajo de veinte colchones, llegó a la conclusión de que se trataba de una princesa de verdad, y la llevó ante el príncipe.

Pero la princesa, que casi no había pegado ojo en toda la noche y no había hecho otra cosa más que dar vueltas y vueltas en la cama, tenía unas ojeras terribles, el cutis pálido, los párpados medio cerrados, el pelo todo enmarañado, los brazos lánguidos y la espalda encorvada.

Al verla, el príncipe se quedó horrorizado, y dijo que no se casaría con ella ni loco.

EL TRAJE NUEVO DEL EMPERADOR

Hace muchos años había un emperador tan aficionado a los trajes que se gastaba casi todo en renovar su vestuario.

Conocedores de esta afición, unos pillos que se hacían pasar por sastres llegaron un día al palacio y le propusieron al emperador confeccionarle el traje más espectacular que jamás hubiera vestido personaje alguno.

Convinieron el pago de cuatrocientas monedas, y los tramposos dijeron que pasados tres días el traje estaría listo. En efecto, a los tres días los dos pícaros se presentaron ante el emperador. Extendieron hacia él sus manos vacías, simulando que en ellas portaban el traje, y dijeron:

—Majestad, aquí tenéis vuestro traje nuevo. No obstante, debemos advertir a Su Majestad de que la tela con la que está hecho es única en el mundo, pues solamente puede ser vista por las personas inteligentes. A los ojos de los necios resultará invisible.

El emperador los escuchó atentamente. Después, extendió hacia ellos su mano vacía y dijo:

—Aquí están las cuatrocientas monedas acordadas por el traje. No obstante, os advierto de que son unas monedas únicas en el mundo, pues solamente pueden ser vistas por las personas inteligentes. A los ojos de los necios resultarán invisibles.

Los dos pillos, burlados, abandonaron el castillo con la cabeza gacha.

EL SOLDADO DE PLOMO

Había una vez un niño que
tenía muchos juguetes, aunque
a lo que más le gustaba jugar
era a las batallas con sus
soldaditos de plomo. A uno
de ellos le tenía especial cariño,
pues le faltaba una pierna.

El niño colocaba los soldaditos
de plomo sobre la mesa del salón,
dispuestos a la lucha. Y al frente
del batallón, situaba al que tenía
una sola pierna.

Encima de la mesa del salón había una caja de música con una bailarina de marfil que daba vueltas y vueltas. La bailarina de marfil daba vueltas y vueltas apoyada en la punta de un pie, mientras mantenía la otra pierna

flexionada.

El soldadito de plomo se enamoró de la bailarina de marfil. Y la bailarina de marfil también se enamoró del soldadito. El soldadito pensaba: «¡Cuánto me gustaría bailar con ella, pero sin una pierna es imposible!». Y la tristeza lo invadía.

Entonces la bailarina de marfil le dijo:

—Escucha, soldadito mío.
Yo para bailar solo necesito
la pierna con la que me apoyo
en la caja de música. La otra,
si la quieres, te la doy a ti.

Al poco rato bailaban los
dos muy juntos, sobre la caja

de música, la bailarina de marfil
y el soldadito de plomo. Bueno,
de plomo excepto una pierna,
que era de marfil.

BLANCANIEVES

En el palacio de un país
muy lejano vivía una hermosa
princesa llamada Blancanieves.
Su madrastra, la reina, era
vanidosa y cruel. La reina
le preguntó a un espejito mágico:

—Espejito mágico, ¿quién es
la mujer más hermosa?

Y el espejo mágico respondió:

—Esa es una cuestión opinable,
pero a mí me parece que la más
hermosa es Blancanieves.

Entonces la reina pidió opinión a los otros veinticuatro espejos mágicos que poseía, y la mayoría le dijo que la más hermosa era Blancanieves.

La reina, devorada por la envidia porque ella quería ser la más hermosa del mundo, salió acompañada por su soldado más alto, fuerte y temible, en busca de Blancanieves para capturarla.

Al saberlo Blancanieves, huyó internándose en el bosque y fue a refugiarse en la casa de los siete enanitos. Cuando los siete enanitos vieron llegar a lo lejos al soldado alto, fuerte y temible, se subieron unos encima de los otros, con los pies sobre los

hombros del de abajo, y después
se cubrieron con un abrigo
grande, con lo cual parecían
un hombre altísimo.

El soldado alto, fuerte y temible
cogió miedo y no se atrevió a
enfrentarse a lo que consideraba
un gigante.

La reina tenía preparado otro
plan: una manzana envenenada
que le daría a probar a la
hermosa Blancanieves. Pero el
soldado alto, fuerte y temible,
que también era muy despistado,
en vez de una manzana llevó
un limón.

El soldado le dio a probar
el limón a Blancanieves.
Y Blancanieves, al morder

el limón, puso la cara que todos ponemos si mordemos un limón. Blancanieves puso una cara muy fea, muy fea, y la reina se dio por satisfecha al poder ser más guapa que Blancanieves durante el tiempo que le llevó comerse el limón.

EL CASCABEL DEL GATO

En aquella casa, el gato tenía atemorizados a todos los ratones, pues cada día se comía uno o dos. Los ratones se reunieron en el desván a decidir qué hacer para librarse de semejante amenaza. Tras varias intervenciones, uno de los ratones propuso:

—Pongámosle un cascabel al gato. Así sabremos por el sonido cuándo se acerca y tendremos tiempo para ponernos a salvo.

Todos celebraron mucho la idea, pero el ratón más anciano reflexionó:

—Eso está muy bien. Pero ¿quién le pone

el cascabel al gato?

Entonces, de entre todos los ratones, surgió la voz de uno de ellos que dijo:

—Se lo pondré yo.

El ratón que había hablado era siempre objeto de las burlas de los otros, que además le lanzaban piedras y le tiraban de la cola.

Lo tenían por cobarde, y les sorprendió mucho el ofrecimiento de ser él quien

le pusiera el cascabel al gato.
El ratón cogió el cascabel y
salió del desván.

—¡Va a ponerle el cascabel al
gato! —exclamaban admirados
los otros ratones.

Pero el ratón no le puso el
cascabel al gato, sino que se
lo colocó alrededor de su propio
cuello. Cuando los demás ratones
oían acercarse el sonido del
cascabel, corrían a esconderse
en sus madrigueras creyendo
que llegaba el temible gato.

Y así nunca más volvieron a
molestar al ratón, ni volvieron
a burlarse de él, ni volvieron a
lanzarle piedras, ni le volvieron
a tirar de la cola.

Escribieron y dibujaron...

Pinto
& Chinto

David Pintor y Carlos López son los integrantes de Pinto & Chinto, el reconocido tándem de humoristas gráficos que actualmente publican sus viñetas en La Voz de Galicia. *Han recibido diversos premios en esta faceta (como el Haxtur del Salón Internacional del Cómic de Oviedo o el Curuxa do Humor del Museo do Humor de Fene), y también en la de autores de literatura infantil (como el Premio Merlín, el Raíña Lupa o la selección de su trabajo en la Feria Internacional de Bolonia en varias ediciones). ¿Cómo unos humoristas gráficos decidieron probar suerte en la literatura infantil?*

—La verdad es que empezamos casi simultáneamente nuestra labor humorística y el trabajo en la literatura para los más pequeños. No son territorios tan distintos, pues en nuestros cuentos siempre está presente el humor.

—*¿Por qué os decantasteis por dar esa vuelta de tuerca a los cuentos clásicos?*

—Es algo que nos apetecía hacer desde hacía tiempo, versionar esas narraciones clásicas desde nuestro punto de vista literario y del gráfico. Ha sido muy divertido.

—*¿Cuál es vuestro método de trabajo?*

—Partimos del concepto de libro que queremos hacer. Luego, Carlos escribe y posteriormente David interpreta gráficamente los textos.

—*¿Cuál es vuestro cuento favorito de esta selección?*

—No es fácil responder a esa pregunta, pero quizá el que nos gusta un poquito más es el de «Los siete cabritillos y el lobo».

—*¿Pensáis versionar más cuentos próximamente?*

—Nos encantaría. Si este libro tiene una buena acogida por parte de los lectores, pensamos dar nuestra visión de otros cuentos clásicos que no aparecen en este volumen.